시담포엠시선 043

길은 내게
시를 주었다

주대길 두 번째 시집

시담포엠

시담포엠시선 043

길은 내게 시를 주었다

2023년 10월 20일 제1판 인쇄 발행

지은이　주대길
펴낸이　박정이 김성규
대표 겸 주간　박정이
편집인　김세영
편집장　양소은
펴낸곳　도서출판 시담포엠

출판등록　2017. 02. 06.
등록번호　제2017-46호
주소　　서울시 강남구 테헤란로 311-1321호(역삼동 아남타워)
대표전화　02-568-9900 / 010-2378-0446
이메일　miracle3120@kakao.com

ISBN　　979-11-89640-21-7 (03810)
값 15,000원

시담포엠시선 043

길은 내게
시를 주었다

주대길 두 번째 시집

시담포엠

시인의 말

언젠가는 국토를 종주하고 싶었다
처음에는 집에서 춘천과 화천을 거쳐
강원도 고성까지 걸었다
2020년에는 코로나19팬데믹으로
모든 일상이 정지되었다
그때 집을 나서서 부산에서 해안을 따라
고성군 통일전망대까지 해파랑길을 걸었다
2021년에는 한국관광공사에서 따라가기 앱을
개발하였기 때문에 앱을 따라
보다 편하게 부산에서 해남까지 남파랑길을 걸었고,
이어서 해남에서 강화도
통일전망대까지 서해랑길을 걸었다
힘들기는 했지만 성취에 따른 희열이 컸다
코로나19로 인하여 숙박할 모텔이 문을 닫아서
다음 숙소까지 가기 위해서
밤늦게까지 걷기도 했다

걸으며 느낀 것들을 수시로 핸드폰에 기록했고,
그것을 정리하여 시집을 내게 되었다

2023년 9월

주대길

목차

제1부
파도의 언어

제2부
내 안의 길

제3부
산나리꽃 앞에서

제4부
산다는 것은

해설   108

길 위에 쌓인 숭고한
시의 씨앗들이 발효되다
_박정이(시인, 문학평론가)

제1부

파도의 언어

남북의 불신은 쌓여 가는데
스러져간 영혼들을 위해
녹슨 철조망에
꽃은 피어날 수 있을까

생의 길

한여름 밤
모닥불 피워 놓고 멍석에 누워
아득한 별나라 여행은
유년의 추억
지금은
세월의 나이테를 겹겹이 걸친
노을 여행길
바람과 구름과 풀꽃들이
가슴으로 다가온다
비운만큼 채우는 자연의 섭리

길 위에 서면
내 안의 나는 나와 동행이 되고
바람이 된다
파도소리 바람소리 숲 향기 안고
백두대간 산줄기처럼
묵묵히 나의 길을 가는 것이다

오늘의 소망

오늘도 여느 때처럼
한송이 꽃을 피우렵니다
꽃들이 모이면
꽃밭이 되고
꽃밭이 이어지면
꽃길이 될 테니까요
꽃잎이 지는 것은
걱정하지 않으렵니다
내일은
나의 영역이 아니니까요
가슴에 한 송이 꽃을 피워 내는 것은
오늘을 살아가는
나의 소망입니다

임랑해수욕장에서

푸른 파도가 끝없이 밀려오는
기장군 임랑해수욕장
파도 같은 생의 여로
때로는 비가 내리고
때로는 위태롭게 고비를 넘었다
바닷가 모래알 하나
이름 모를 풀꽃들과
스치는 바람까지
모두가 신비로 다가온다
나그네의 지친 여로는
밤이 새도록 파도가 씻어준다
자연과 마주하는 모든 순간을
설렘으로 만나며 사랑하고 싶다

닿을 수 없는 그리움

길섶의 가녀린 코스모스

해맑은 웃음으로 너울거린다

닿을 수 없는 그리움 때문일까

연분홍 소녀처럼

목을 내민 사랑의 몸짓이다

별빛이 내리면

이슬의 그리움 안고
은하수를 향한다
옛 추억 별빛에 그려보지만
닿을 수 없는 우주

코스모스는

청순한 가을을 안고 가을노래를 부른다

울릉도

동해로 여행을 간다면
독도와 울릉도에 가볼 일이다
동해의 파수꾼 독도에 가면
괭이갈매기들이 우르르 다가와서
애국지사 왔다며 합창으로
그대를 맞을 것이다
울릉도 해안 따라 둘러보시라
세월이 빚어낸 각양각색
인고忍苦의 작품들이
자태를 뽐낼 것이다
성인봉에 올라 보시라
원시림과 어우러진 풀꽃들이 그대를 맞아주고,

주저앉은 천년 목불木佛들은
그대의 지친 발걸음을 응원할 것이다
성인봉을 내리는 길에 나리분지 그늘에서

시원한 탁주 한잔 목을 축여 보시라
안개구름이 하얗게 몰려와 함께하자 청할 것이다
그러면 시 한 수 읊어 보시라
그대는 이미 신선의 경지에 들어 있을 것이다

울릉도 2

울릉도 해변에서

파도는 바위를 조각한다

사자상, 거북상, 코끼리상

모양도 저마다 각각이다

평생의 업이라도 된 듯

무한의 세월을

쉬지 않고 조각을 하고 있다

지상 최대의 자연박물관을

울릉도 해변에 빚어내는 것은

파도의 열정이다

동해의 아침

아침마다 붉은 꽃 한 송이

바다 위로 피워 올린다

사람들은 설렘으로

손 모아 소원을 빌고

동해바다 새들은 푸드득 날아오른다

파도는 더 힘차게 밀려오고

동해사람들은 바쁜 하루를 시작한다

양양군 남대천에서

연어는 남대천을 떠나서

머나먼 바다를 유람하다가

고향으로 회귀한다

우리는 타향을 떠돌다가

정들었던 고향을 찾아 향수에 젖는다

연어는 무슨 연유로

떠났던 고향을 다시 찾는 것일까

남대천을 스쳐가며

아련한 고향을 생각해 본다

파도의 언어

언덕에 주저앉아

바다를 내려다본다

파도는 하얗게 부서지고

구름은 여유롭게 떠간다

파도의 여정을 물으려 해도

들어볼 여유도 주지 않은 채

거품으로 사라진다

얼마나 더 들어야

그들의 언어를

들을 수 있는 것일까

파도는 인간들에게

그렇게 살지 말라고

말하는 것은 아닐까

가을 풍경

코스모스 여린 꽃잎은
바람 따라 하늘거리고
풀벌레들은 풀섶에서
깊어 가는 가을을 연주한다
도토리는 몸을 날려
툭, 툭……
가을로 뛰어내리고
다람쥐들은 겨울 준비에 바쁜데
하얀 구름조각들은 유유히 산을 넘는다

코로나19와 걷기

코로나19 팬데믹이
지구촌을 엄습했다
온갖 두려움에도
세월은 거침없이 흘러간다
허전한 가슴 달랠 길 없어
가방 하나 둘러메고 길을 나섰다
구름이 흘러가듯 길을 걸으며
풀꽃들과 인사를 나누고
파도의 언어와
바람의 속삭임을 듣는다
바다 새와 어울리며
솟아오르는 태양을 보고
밤이면 별자리를 찾으며
별빛과 이야기한다

고마운 것들

고맙다 무릎아
너는
부산에서 강원도 통일전망대까지
동해를 완주할 때
한마디 불평도 하지 않았다
고맙다 심장아, 너는
동화 속의 어린 왕자와 같은 호기심으로
나를 설렘의 길로 안내하였다
고맙다 바람아 구름아 파도야……
너희는 나를 지켜보며
아낌없는 박수를 보내 주었다

남방 한계선에서

고성군 현내면 명파리는
남방한계선이다
금강산 가는 길을 안내하는
커다란 표지판이
햇살에 졸고 있다
바다는 여전히 출렁이고 있지만
뱃고동 소리마저 끊긴 바다
갈매기만 넘나든다
남북의 불신은 쌓여 가는데
스러져간 영혼들을 위해
녹슨 철조망에
꽃은 피어날 수 있을까
남과 북의 산하는
지척의 거리에서
바라만 보고 있는데
파도는 하얗게
눈물만 쏟아내고 있다

바람에게 묻는다

부산 오륙도에서
고성군 통일 전망대까지
길 위에서 보낸 20여일
구름은 나를 내려다보았고
숲과 바닷새와 파도까지
내게 격려를 보내주었다
내 그림자는 더 기울었고
발걸음은 더 무디어졌다며
동행의 그림자가 일러준다
바람 따라 나선 길,
내 생의 길목 하나 걸었으니
또 언제
어디로 흘러가야 하는 것인지
바람에게 묻는다

오륙도 해맞이공원에서

탐욕에 찌든 인간의 숲을 떠나
부산 오륙도 앞에 섰습니다
억겁의 세월을 견뎌온 오륙도 바위들은
묵묵히 현해탄을 응시하고
갈매기들은 넘실대는 파도 위에
날개를 펄럭입니다
우수 지난 햇살은 따스한데
바다내음이 짙게 스며옵니다
남파랑길 1,470km
해남 땅끝 마을을 향해
나그네의 설렘 안고 발걸음을 옮깁니다

부산 제3부두

1972년 3월 4일 부산 제3부두
삼천 명의 전우와 함께
월남으로 향하는 배에 올랐었다
단발머리에 검은 교복의 여학생들이
태극기를 흔들며
이기고 돌아오라는 군가를 불러주었다
긴 뱃고동이 울리고
배는 차츰 고국의 산하와 멀어져 갔다
다시는 볼 수 없을지도 모를
부모님과 형제들, 나는
끝없는 눈물이었다

태종대에서

가슴이 답답할 때는
하던 일을 잠시 접고 바다로 가자
하늘은 바다를 안고
바다는 하늘을 안고
서로를 감싸는 아득한
수평선을 바라보며
깊은 호흡을 하자
바닷가에 서면
파도는 지친 가슴 씻어주고
태양은 그대 가슴에
위로의 햇살로 내릴 것이다

길에서 마주한 봄

거제도 남쪽 해안을
따라 걷는다
달려온 파도들이
여로의 끝을 하얗게 펼친다
풀꽃들은
바닷바람과 너울거리고
갈매기들은
은빛 햇살 위로 날아오른다
모두가 봄을 노래하니
내 마음이
아지랑이처럼 너울거린다

한 마리 새가 되어

거제도 해안가에서
지친 몸 바윗등에 내리고
잠시 휴식에 젖습니다
수 없이 밀려와 부서지는 파도에
쌓였던 시름이 씻겨간 듯합니다
봄 향기 속에
내 마음은 아늑한 꿈결에 젖어
푸른 바다를 훨훨 날아갑니다
혹여,
해탈의 경지가 이런 것일까
한 마리 새가 되어
바다 위를 날아오르는
꿈결 같은 체험입니다

제2부

내 안의 길

해안 따라 삼 백리 길
지치고 목이 말라
홍주 한잔 목을 축이니
나그네는 아리랑 음표를 타고
덩실덩실 흘러갑니다

내 안의 길

길은
다시 길로 이어진다
길이 끝나는 곳에
또 다른 길이 열리고
그 길은 순간
내 안의 길로 이어진다
나만이 가야 할 길,
때로는 넘어지고
때로는 후회하고
때로는 환호한다
누구도 대신할 수 없는
생의 길은
두 번 다시없는
외로운 나의 길이다

숲길

거제도 해안 따라 이어지는
둘레길을 걷는다
봄 햇살이 내리고
산수유와 매화가
색색으로 피어올랐다
파도소리는 맑고
꽃향기가 짙으니
나그네는
봄 향기 안고 유유히 흘러간다

와온 해변

순천시 해룡면 와온길이
해안 따라 길게 이어집니다
갯벌엔 짱뚱어 뛰어놀고
게들은 다슬기 사이를
옆 걸음 치며 들고 납니다

포구 앞 외로운 등대는
떠난 어선을 기다리는 듯
멀리 수평선을 바라봅니다

두둥실 하얀 구름은
와온 해변을 내려다보는데
갈대밭엔 갯바람이 출렁입니다

순천만 갈대밭

드넓은 갈대밭은
갈바람에 일렁이고
청람색 하늘엔
하얀 꽃구름이 흐른다

풀벌레들은
한껏 가을의 현을 켜고
고추잠자리들은
분주하게 오간다

일렁이는 갈대밭 위로
철새들이 떼를 지어 날아가는데
화려하게 물들어 가는 노을과
갈대의 언어를 가슴에 안고
걸음걸음 갈대밭을 스쳐간다

냉수 한 병

고흥군 도화면 길을 걷다가
무더운 날씨에 냉수가 바닥이 나서
농가에 물 한 잔을 부탁했다

백세를 갓 넘겼다는 하얀 할머니가
냉장고를 열어 옥수수로 우려낸 냉수 한 병
자식 같다며 목마른 길손에게 건네준다

남도의 푸른 인심에
별나라 어머님 생각
할머니의 만수무강 손 모아 기원한다

고흥반도 5백리길

고흥반도 5백리길 아득하다
들고 나는 해안 따라
제방과 농로와 산길을 수도 없이
걷고 넘는데
여름 같은 날씨에
발길은 무겁기만 하다
허나, 외진 길가에도 들판에도 농가에도
주렁주렁 감들이 풍경을 만들고
유자들은 탐스럽게 익어간다
치자나무 가지엔 치자가 붉어가고
들판엔 곡식들이 풍요의 노래를 부른다
식당도 숙소도 없는 시골길을 걸을 때
감하나 먹어보라며 내밀던 농부의 손길,
갈증을 풀라며 내어주던 냉수 한 병이
나그네의 고단을 달래준다
고흥의 인심은

해상 국립공원에 떠 있는
섬들처럼 여유롭다
열녀와 효자를 기리는 비석들은
마을마다 즐비하니
홍익인간 깊은 뜻
고흥반도 거닐며 가슴에 담았다

세월의 무상

매화와 산수유는
부산에서 보았고
벼 심는 농부들
거제에서 보았는데
추수 끝난 텅 빈 들녘을
고흥에서 마주 하네
길을 걸으며, 나는
파도와 구름과 숲과 풀꽃들을
친구로 마주 하네
세월은 강물처럼 흘러가고
내 마음 갈바람에 나부끼며
가을로 물들어가네
세월의 무상無常
텅 빈 들판에서 마주 하네

마음의 눈

길은
나에게 마음의 눈을 주었다
무거운 짐 덜어 내고
가벼워져야 한다는 것
생의 의미 목적지에 있지 않고
여정에 있다는 것
한 편의 드라마 같은 생
밤이면 별이 되고
파도를 만나면 파도가 되고
바람이 되고 풀꽃이 되고
자연이 준 마음의 눈은
내 안의 길을 열어 주었다

해남 땅끝마을에서

기억하리라
무심한 세월 속에
스스로 파도가 되고
바람이 되어
남파랑길 걸었노라고
노래하리라
아득한 여정에서 마주한
추억의 음표로

이제 여정의 끝자락
단풍잎은 날로 붉어 가는데
남해 바다는
잘 가라 나그네여
파랗게 손을 흔든다

새해 아침에

코로나19 팬데믹으로
일상이 고장 났다
텅 빈 도로에는
절망에 찬 서민들의 한숨소리
무겁게 쌓여간다
2년째 이어지는 어둠의 끝은
아직도 가물거린다
허나, 힘에 겨워도
인류는 늘 극복의 역사를 써 왔다
모두의 가슴에 희망의 빛을 주고
일상으로 돌아가길 빌어보는
2022년(壬寅年) 새해 아침이다

보배섬 진도

한반도 서남 끝자락
진도에 들어서니
푸른 숲과 바다가
살갑게 맞아 줍니다
진도의 명산 동석산을 넘어
첨찰산을 오르고
셋방 낙조 관망대에 이르니
노을이 다도해 해상 국립공원에
붉은 교향곡을 연주합니다
곡은 호국의 혼을 담아
동백처럼 붉고 장엄합니다
오랜 역사 속에
진도인의 삶의 애환은
가슴에서 가슴으로 이어져
진도의 예술로 꽃을 피웠습니다
해안 따라 삼 백리 길

지치고 목이 말라
홍주 한잔 목을 축이니
나그네는 아리랑 음표를 타고
덩실덩실 흘러갑니다

고향 마을

6·25전쟁이 끝나고
땔감 채취로
헐벗었던 앞산은
아름드리 소나무가 숲을 이루고
마을 뒤 봉황산은 묵묵히
마을을 내려다본다
하얀 구름 조각들은
그림처럼 산을 넘는데
뛰놀던 돌담길엔 적막이 흐르고
잡초로 무성한 빈 집들은
세월을 안고 외롭게 기울고 있다
어머님의 품속 같은 고향 땅에서
아련한 추억에 젖는다

고향친구 정영진

고향의 옛 친구 정영진
지도읍 감정리에 살던 친구다
6·25전쟁이 끝나고 초등학교 1학년 때
친구가 교실 복도에서
나에게 생계란 하나를 주었다
노른자가 입속으로 들어갔을 때
고소했던 맛이 지금도 생생하다
전쟁 후 배가 고팠던 시절
귀한 계란을 나에게 주었는데도, 나는
친구에게 고맙다는 인사를 전할 줄 몰랐다
서해랑길 걸으면 친구를 찾아보겠다
지금도 그곳에 살고 있다면
고마웠던 내 마음을 전하고 싶다
유년의 가슴에 감동을 준 친구야!
내 마음 전하려 하니
만날 때까지 부디 건강하시라

고향친구 정영진 2

초등학교 졸업 후 70년이 흐른 뒤
신안군 지도읍 고향길을 걷게 되었다
가슴에 담아온 고마운 친구를 만나
홍어찜에 탁주 한잔 나누고 싶었다
묻고 물어 친구가 살던 동네에서
너의 형을 만났는데
월남에서 전사했다는
뜻밖의 소식에 너무도 가슴 아팠다
소금이 물에 녹으면 형태도 없지만
짠맛은 영원하듯
너의 고운 마음은
내 가슴에 영원한 우정의 꽃을 피웠다
나는 다시 친구를 가슴에 담아야만 하는구나
너무도 무심했던 내가 밉구나
친구야!
부디 편히 쉬어라

* 초등학교 졸업 후에 나는 광주에서 학교를 다녔고, 친구는
  4km쯤 떨어진 조비라는 마을에서 살았다

영광군 백수 해안관광도로

푸른 바다가
아득한 수평선을 그린다
달려온 파도는
길 아래 하얗게 부서지고
구름은 유유히 흘러간다
바람은 싱그럽고
풀꽃들은 너울거린다
나는
화사한 봄날의 풍광에 젖어
탁주한잔 목을 축이니
이태백의 장진주(將進酒)가
자연스레 흘러나오고
시를 읊으니 봄이 날아오른다

철쭉과 억새의 우정

선운사 가는 길에
붉은 철쭉이
억새와 함께 어울려 있다
지난 가을에는
억새가 하얗게 춤추며
텅 빈 철쭉을 위로했는데
봄이 온 지금은
철쭉이 외롭게 서 있는
억새를 위해
진홍의 향기를 날리고 있다
그들의 우정을 보며, 나는
그리운 친구들을 그려보았다

선운사 동백

선운사
붉은 동백
찬바람에도
열정으로 피워낸
붉은 향기가
천년 고찰 경내로
퍼져 오른다
추위에도 아랑곳 않고
온몸으로 살다가
통째로 지는
동백의 고고함이
붉게 퍼진다

외로운 갈매기

파도는
넘실대는데
갈매기 한 마리가
홀로
날갯짓을 하네
짝을 잃었나
길을 잃었나
너의 모습이
나그네인
내 모습과 같구나

걸어봐야 안다

왜 걷느냐
흔들리는 다리를 끌며
걸어야만 하느냐
같은 질문 수 없이 받았습니다
길을 걸으며
바람의 이야기를 듣고
나무와 구름의 이야기
산새들과 파도의 속삭임
나는 그들과 친구가 되었습니다
걸어 봐야만 알 수 있다고
그들이 나에게 속삭입니다

마주한 것들

아이의 마음을 얻으려면
무릎을 굽혀
내 눈을 아이의
눈에 맞춰야 한다
꽃이 좋다면
꽃의 이름을 묻고
허리를 굽혀
자세히 보아야 한다
국토가 좋아
코리아 둘레길을
걸음걸음 걷는다
길 위에서 마주한 것들
훈훈한 해변 마을의 정겨움까지
가슴에 담았다
역사와 마주할 때, 길은
고구려의 기상을 이야기했고
금수강산의 참모습을 보여 주었다

제3부

산나리꽃 앞에서

그래 나도
또 다른 삶의 꽃송이를
피울 수 있을 거야
숱한 생이 내게 준 것도 많지만
이젠 나도 하고 싶은 것을 하며
노을의 노래를 부르며 살리라

태안반도

들고 나는 해안 따라
일천 삼 백리
태안 해안국립공원이다

파도는 끝없이 밀려오고
바닷새는
파도 위를 날아오른다
해안 따라 이어지는
탐방로에
솔향기 가득하고
붉은 진달래와
하얀 산 벚꽃이
온 산에 가득하다
나그네는
수려한 풍광에 젖어
해안 따라 굽이굽이
산길을 걸어간다

솔바람 식당

서산군 팔봉산 솔바람 향기 아래
솔바람식당

주인댁의 구수한 미소만큼
음식의 맛이 깊다
주인댁의 앳된 미소는
소녀시절 한양에 휘날리었고
인생 역경 드라마는 도쿄에 썼다

이제는 여기 팔봉산 아래
솔바람식당 주인댁
생의 혼을 음식에 담아
지친 객을 위로한다

* 식당이 없어 길을 벗어나 2km를 걸어 찾았던 식당이다

지구에게

생은 나이만큼 세상을 여행한다
내가 여기까지 오면서

내 생의 거리만큼
지구에 누를 끼친 것은 아닌지
두려운 마음으로 돌아본다
삶 자체가 지구를 괴롭히는 것으로 생각하니
지구에게 미안하다
쓰레기, 물, 전기, 가스, 휴지에 이르기까지
스스로 할 수 있는 것들을 챙겨 본다
지구에게 주는 오염들
다소라도 줄일 수 있다면 좋겠다

강화도 성덕산에서

싱그러운 오월 중순
하늘은 푸르고 햇살은 여유롭다
장미꽃, 찔레꽃, 아카시아
꽃향기 속에 성덕산을 넘는다
강화도 통일전망대에 이르는
 마지막 구간이다
힘들 때마다
코리아둘레길 완보(完步)라는 희망을 쓰며
가파른 산을 넘고 해안길을 건넜다
수도 없이 그렸던 완보의 꿈이기에
어려움을 떨쳐내고
성덕산의 가파른 고개 위에
성덕산 구름이
산을 넘듯 유유히 흘러간다

강화도 통일전망대

국토 한 바퀴 4,500km 끝자락
강화도 통일 전망대에 섰습니다

더는 갈 수 없는 경계의 땅입니다
동해의 해파랑길을 걸을 때에는
고성군 통일 전망대에서
금강산을 바라보며 돌렸던 발걸음인데
오늘은 강화도에서, 다시
발길을 돌려야만 합니다
아쉽지만 더는 갈 수가 없습니다
고향에 돌아가지 못하는 사람들을 위한
망배단(望拜壇) 팻말만이
아픈 한(恨)을 날리며
텅 빈 전망대 광장을 지키고 있습니다

코리아둘레길

인류는
효용을 외치며 달려갑니다
곡선보다는 직선을
느림보다는 속도를
그 끝에는
욕망의 탑이 있습니다
허나, 갈등의 숲을 떠나
버거운 세월의 나이테에도
새롭고 별난 선택을 원했습니다
해안 따라 머나먼 길
파도소리 가득하고
새소리가 흐르고
숲 향기와 꽃향기가 넘쳤습니다
걸음과 걸음 속에 삶의 의미를 돌아보는
사색의 시간이기도 했습니다
자연과 함께한
소풍 같은 여정이었습니다

코리아 둘레길 2

DMZ 평화의 길은
녹슨 철조망에 스러져간 전우를 기리며
평화의 꽃이 피어나길 비는 기도의 길이다

동해의 해파랑길은
아침마다 솟아오르는 태양에 희망을 쓰고
일렁이는 파도에 가슴을 여는 소망의 길이다
남해의 남파랑길은
해안 따라 굽이굽이 바다와 섬들이 어우러져
무릉도원 이루니 낭만의 길이다
서해랑길은
밀물 썰물에 갯벌이 열려 해산물이 넘치고
바다는 태양을 품으니
어머님의 품속 같은 자비의 길이다
국토 한 바퀴 4,500km, 코리아 둘레 길에서, 나는
조국의 산하를 한편의 드라마로 엮는다

새해 아침에

계묘년(2023) 새해 첫날

딸 아이가 스마트 폰 영상으로
동해의 솟아오르는 태양을 보여주며
인사를 한다

손자들도 영상으로 인사를 나누었다
한때는 나도 동해로 달려가
태양을 바라보며
새해의 소원을 빌던 때가 있었다

허나, 그때는 세월에게
천천히 가라는 부탁은 할 줄 몰랐다
무심한 세월을 돌아보게 하는
계묘년 새해 아침이다

용돈을 받고서

일흔이 넘은 어느 날
딸아이가 나에게 용돈이라며
봉투를 내밀었다

처음에는
몇 번이나 거절을 했다
손자들이 어려서
돈 쓸 일이 많으리라
생각했기 때문이다
막무가내로 들이미는 봉투여서
마지못해 받았는데
이제는 통상의 일이 되어
자연스레 받는다
평생 주기만 하다가 받는 용돈이니
친구들을 만나면
밥 한 그릇 살 수도 있다

세월이 많이도 흘렀나 보다
바람은 싱그럽고 햇살은 따사롭다

내 친구 김종영

20년에 가까운 암과의 투쟁이다
반복되는 수술과 투약 후에
안도의 숨을 내쉬기도 전에
불청객은 다시 찾아 들었고

이번에는
동행의 부인에게도 같은 시련이 왔다
질식할 것 같은 절망을 누르며, 친구는
현실을 담담하게 받아들인다
많은 세월을 의지로 싸워 왔기에
질병으로 고생하는 다른 친구들에게는
멘토가 되어
그들을 위로하는 여유를 보인다

맑고 차분한 음성으로
여유를 부릴 수 있는 것은

그가 살아온 삶의 여정 때문이다
내일은 하늘에 맡기고
긍정으로 오늘을 살아가는 생의 철학이다
빙그레 밝은 미소 지어 보이면
노신사의
여유와 품격이 함께 피어오른다

멀어지고 가까워지는 것들

자식들의
결혼식이 끝난 후에는
양복도 넥타이도 구두도
차츰 멀어져 갔다
이들을 대신해서
산하가 정겹게 다가 왔다
구름과 풀꽃들이
예전보다 정겹게 다가오고
밤하늘의 별들을 바라보며
생을 돌아보는 시간이 늘었다
떨어지는 낙엽 한 송이에도
의미를 부여하며
생각에 잠기곤 한다

여행

여행은
자유와 여유를 안겨 준다

집을 나서면
모든 짐은 사라지고
홀가분한
자유를 느낀다

내가 원하는 길이
내 앞에 열리고
보라빛 설렘이다
만나는 모든 것에도
마음이 열리고
의미를 부여하는
새 세상이 열린다

강촌으로 가요

하늘빛 강물이
굽이쳐 흐르고
새들이 노래하는 곳

강촌에서 우리는
흐르는 율동을 안고
오색 무지개를 그렸지요

세월의
강물은 멀리 흘러가고
강촌의 새들은 날아갔지요
석양이 붉게 물들면, 우리
강촌으로 가요
추억을 함께 노래 불러요

대길의 여유

나는
가장이 되어 많은 짐을 지고
세월을 힘겹게 살았다

어느 날
나는

뭔가에 몰두해
지친 나를 일으켜 세우리라
생각했다

그래 나도
또 다른 삶의 꽃송이를
피울 수 있을 거야
숱한 생이 내게 준 것도 많지만
이젠 나도 하고 싶은 것을 하며
노을의 노래를 부르며 살리라

망가진 기대

21세기에 기대했던 희망

6·25와 베트남전쟁은
내가 보는 마지막 비극이라 믿으며
평화를 기대했다
그러나
이라크에서 아프가니스탄에서
지금도 우크라이나에서
전쟁이 계속되고 있다
갈등에 갈등은 더 깊어지고
빙하는 더 빠르게 녹아내리고 있다

얼마나 더 기다려야, 인간은
전쟁과 공해에서
자유로울 수 있을까
스러져가는 수많은 생명과

바닷가에 쌓여가는
하얀 플라스틱 더미를 보며
오늘 나는
인류의 미래를 걱정해 본다

자연의 신음 소리

무지개 낭만으로
이 시간까지 흘러왔다
그런데 어느 날
밤에 일렁이는 거센 파도는
아프게 부서지고
바람은 울먹이고
새들은 숨을 쉴 수 없다며
절규하는 신음소리가 들려왔다
갯벌에 쌓여 있는
수많은 플라스틱 잔해들
그리고 나뒹구는 어망들
빙하는 녹아내려
해수면은 올라가고
이제는 핵 오염수까지

홀연히 마주한 이 현실에

인간으로 살아온 미안함과
부끄러움에
가슴이 절여온다

산나리꽃 앞에서

산나리가 유난히 눈길을 끈다
화려한 꽃잎에 눈길을 보내는데
그대는 누구 하나 쉴 수 있도록
가슴을 내어준 적 있느냐고
내게 묻는다
눈을 크게 뜨고 내려다보니
산들거리는 꽃잎 위에
꽃 색과 비슷한 호랑나비 한 마리가
향에 취한 듯 꽃잎 위에 졸고 있다
순간의 대면 속에서
무심하게 살아온 지난날을 돌아본다

나그네

어려웠던 일들도 돌아보면
평범한 과거가 된다
생은 그렇게 시간을 안고 흘러왔다
모두가 흘러가겠지 하면서
스스로를 위로해 본다
그러면서도
가끔은 홀로 고뇌한다
번뇌의 골짜기를 빠져나와
주위를 둘러보면

풀꽃들은 늘 너울거리고
산새는 맑은 메아리를 펼친다

자화상

어느 날
거울 속의 내가 낯설어 보였다
세월 탓이라며 늘 태연해 했는데
초췌해진 모습이
찬바람에 털린 억새와 같았다
보증기간 지나버린 전자기기는
고장이 나면 새로 구입하면 되지만
생은 그럴 수 없다
지난날을 돌아보며 생각에 잠기는데
거실로 찾아 든 햇살이
꽃잎이 져야 열매가 맺는다며
나를 위로한다

제4부

산다는 것은

아랫방엔 조카 셋과 형님 내외
윗방엔 책상 하나
거기서 나는 나의 미래를 그렸네
연탄 구들에 냉장고도 세탁기도 없던 시절
형수님의 노고와 희생 위에
나는 나의 미래를 그렸네

승차권

주민센터에서
어르신 무임승차 교통카드를 받았다

공짜 지하철을 타고
북으로는 춘천 가서 막국수 먹고
남으로는 온양 가서 온천욕 하며
금수강산 누비는 꿈이 피어올랐다

경로석에 앉아서
지그시 눈을 감고
여유를 부리는 노년의 꿈을 그리다가
순간
별나라행 승차권을 받았다는 생각

인생무상人生無常 네 글자가
들떠 있던 가슴으로 내려 꽂혔다

또 다른 이별

하얀 서리가 쌓인 낙엽 위로
또 다른 낙엽이 흘러내린다
나무는 함께했던 잎들이
떠나는 모습을 내려다보며
키워준 뿌리로 돌아가는 것이라고
스스로를 위로한다

서로를 감싸며 살아온 세월
나무는 추억의 사연들을
외롭게 나이테에 새기고 있었다

평등이 있는 곳

길을 걷다 보면
때로는 공원묘지를 지나친다
후손의 관리에 따라 차이는 있지만
모든 묘는 말없이
영원히 잠들어 있다
그곳에는 평등이 있다
그들을 보며, 나도
피할 수 없는 길을 가야 함을 안다
힘들게 살아갈 이유가 무엇인가
이웃과 다툴 이유는 무엇인가
나를 돌아보며
스스로를 사랑해야 함을 배운다

2월은 자비롭다

2월은

차가운 1월의 바통을 이어받아

입춘으로 추위를 밀어내고

우수로 대지를 녹인다

찬바람에 떨고 있는

여린 잔뿌리를 위해

이틀을 뚝 잘라내고

3월에 바통을 넘기는 자비를 행한다

민들레의 비상

봄을 꾸미던 민들레
하얀 날개를 펴고
여행을 준비한다
누구는 땅에 내려
새로운 생을 이어가지만
누구는 잘못된 행로로
그 희망을 접어야 한다
그러나 누구도
닥칠 위험을 두려워 않고
홀연히 비상을 준비한다
우리의 생도 그렇다

타클라마칸 사막
- 우루무치에서 카스까지

스님은 미지의 길을 걷고 걸었다
일천 삼백 년이 지난 오늘, 나는
스님의 길을 따라
2차 문화탐방 길에 나섰다
타클라마칸의 황량한 모래언덕 위에서
이글거리는 지평선을 바라보며
스님을 그려본다
갈증의 모래언덕에는
따가운 햇살이 내리는데
발자국은 금방 모래로 채워지고
외로운 나의 그림자만 남는다
스님은 이 사막을 스쳐가며
어떤 영혼과 마주 했을까
불굴의 스님을 생각하며
나는 다시 마음의 끈을 조인다

오솔길의 금계국

무주군 부림면 금강 상류
황금빛 금계국이
흐드러지게 피어난 길을 걷는다
새벽 비에 목을 축인 꽃들은
청량한 아침 햇살에
화려한 옷자락을 펼치며 너울거린다
유월의 푸르름 속에
풀벌레들은 악보를 켜고
벌 나비는 꽃 춤을 춘다
무슨 사연 있기에, 꽃들은
저리도 화려하게 단장을 했나
금계국 흐드러진 오솔길에서
내 마음은 꽃을 따라
추임새를 취해본다

달맞이꽃

달을 보기 위해
밤에 피어오른다
달맞이꽃은
긴 기다림의
아픔을 견뎌야 한다
그리움으로 피어난 꽃을
내려 보던 달이
고운 달무리를 두르고
꽃잎 위로 내린다
냇물은 풀벌레 소리 안고
흘러가는데
달맞이꽃은
저물어 가는 달을 안고
노란 달빛 사랑을 그린다

가을 정거장에서

가을은 사랑의 정거장이다
갈잎들이 바람 따라 흩어진다
길 잃은 고추잠자리는
텅 빈 들판에서 바람에 뒤척이고
들국화는 둑길에서
늦가을 햇살을 안고 있다
가을을 노래했던 귀뚜라미는
이별의 송가를 부른다
가을 향연은 막을 내리고
떠나야 한다는 계절의 한마디에
이별의 정거장엔 눈물이 글썽인다

한 줄기 바람이고 싶다

가고 싶은 곳 가고
머물고 싶은 곳 머무는
한줄기 바람이고 싶다

파도를 타며 바다를 날고
풀꽃들과 노닐고 싶다

세상을 주유周遊 하다가
민들레 홀씨
원하는 곳으로 폴폴 날려 보내고

억새와 흔들리며
그들의 사연도 듣고 싶다

농부들의 지친 땀방울을 씻어주고
외로운 영혼들에겐

바람의 소식을 전해주는

한줄기,
또 한줄기 바람이고 싶다

백두산 천지

가로막힌 휴전선을 넘을 수 없어
만주 벌판 가로질러
설레는 마음으로 백두산에 오른다
꽃들은 영롱한 은빛 이슬을 안고
고구려의 향기로 맞아주고
천지의 푸른 물은
단군의 기상으로 파랗게 출렁인다
호수는 민족의 역사를 말하는 듯
때로는 안개로 때로는 빗방울로
순간순간 변화를 펼친다
천지는 통일의 메시지를 쓰며
오늘도 고고하게 넘실거린다

백두산

백두산은

서두르면 오를 수 없다는 것

멀리서 보아야 제 모습을

볼 수 있다는 것

오르면 다시 내려가야 한다는 것

산은 오늘도

통일이라는 희망을 쓰며

출렁이는 천지를 안고

도도하게 서 있다

무주 구천동

밤새 비가 내렸다
하얀 물줄기가 계곡 따라
10리길을
굽이쳐 흘러간다

푸른 숲은
산새와 풀벌레 안고 여름을 노래하고
산등선엔 하얀 안개구름이
신비의 시를 쓴다

굽이굽이 덕유산 깊은 계곡의
풍광에 젖어
더위의 절정을 넘고 있다

머루동굴 체험

삼복더위다
무주군 적상산 머루동굴 입구에 서니
숙성된 머루주酒 향香이
시원한 바람을 타고
동굴 밖으로 뿜어 나온다
방문객에게 주는
시음용 머루 맛이 입 안으로 스민다
붉은 진주, 사또무주, 구천동머루와인
동굴 안이 춥다며 안내원이 내어주는
커피 한잔은
배려의 향기로 따스하게 스며온다
눈도 혀도 마음도
머루향에 취한 여름날의 체험이었다

노을 길

젊은 날 산에 오르면 야~호 소리를 질렀네
힘들게 정상에 올라
크게 외쳐 보는 것은 젊은 날의 낭만이었네
이제는
멀리서 올려보는 산이 더 편하고 아름답네
바닷가를 걸으며
끝없이 밀려오는 파도소리를 듣네
낮은 풀이 태풍에 넘어지지 않듯이
낮추고 살라 하네
낮은 곳에서 모두를 포용하는
바다의 아량
노을 길을 걸으며 바다의 속삭임을 듣네

노을이 묻는다

어린 시절 내 그림자는
설렘의 친구였다
언제부터 인가, 나는
함께 놀던 내 그림자를 잊어버린 채
많은 날을 보냈다
어느 날 길을 걷다가, 홀연히
길어진 내 그림자와 마주했다
허허로운 그림자를 바라보다가
주위를 둘러보았다
꽃은 진지 오래고
철새들은 갈 길을 재촉하는데
서산 노을이
여행길이 어떠했나 내게 묻는다

고마운 형수님

60년대 말, 광주시 산수동
시내가 내려다보이고
아침햇살이 일찍 찾아오던 곳
형님댁의 전셋집 상하방이 눈에 선하네
아랫방엔 조카 셋과 형님 내외
윗방엔 책상 하나
거기서 나는 나의 미래를 그렸네
연탄 구들에 냉장고도 세탁기도 없던 시절
형수님의 노고와 희생 위에
나는 나의 미래를 그렸네
방 하나에 다섯 식구, 전설 같은 이야기
그래도 형수님은
성녀聖女처럼 늘 웃어 주셨네
시골에 홀로 계신 어머님까지 챙겨주시던
형수님의 지극한 은혜
반세기가 넘은 오늘도
따스한 향기 되어 가슴으로 흐르네

내 생의 고전古典

긴 여정에서
책 속의 잠언箴言에 밑줄을 그어가며
생의 길을 찾아야 했다
허나
생의 안내가 책에만 있는 것은 아니었다
길을 걸으며
바람의 언어를 듣고
숲과 산새와 벗하며 많은 것을 배웠다
그렇기는 하여도
나를 나답게 살아가도록 안내한 것은
무의식 속에 깔려 있는
어머님의 무한한 사랑이었다
뒤늦게 깨달은 생의 고전古典,
어머님의 사랑은
가슴에 도도히 흐르고 있다

잊혀진 전쟁

반세기 만에 찾은
화천군 오음리 파월장병
만남의 광장이다
전시관과 추모비만
돌아오지 못한 전우를 기리고 있다
전우들은 월남으로 떠날 때까지
엄습해 오는 불안을 지우기 위해
밤이면 매점으로 모여들었다
자욱한 담배 연기 속에 쓰디쓴 술잔만이
전쟁의 공포를 지울 수가 있었다
전시관에 빼곡하게 새겨놓은
돌아오지 못한 5천여 명의 영혼들,
그들은 조국의 이름 앞에 모두를 바쳤다
나는 추모비 앞에 고개 숙이고
잊혀진 전쟁이란 허탈감 속에
무거운 발길을 돌려야 했다

산다는 것은

산다는 것은
내 안의 길을 가는 것이다
나만의 길을 만들어 가는 것이다
쉬지 않고 걸어온 나의 길은
아직도 미로처럼 가물대는데
서녘하늘은 붉게 물들어 가고
해맑던 산새 소리와
짙은 풀꽃 향기는
햇살 따라 엷어간다
길어진 내 그림자와
무디어진 발자국 소리는
내 생의 기울기를 재고 있다

풀들의 노래

나는 풀이야
바람이 불면 바람 따라 흔들리고
겨울이 오면 잠들고
봄 햇살에 깨어나지
가끔은 아침 이슬이 나를 찾아와
잠시 머물다 가고
새들의 노래 속에
햇살과 여유롭게 지내지
자연에 순응하며
나만의 우주를 그리고
스스로 만족하며 오늘을 살아가지

길 위에 쌓인 숭고한
시의 씨앗들이 발효되다

박정이(시인, 문학평론가)

　모든 시는 숭고한 미학의 내면에서 젖어 나오며 생
생하게 펼쳐지는 그림과 같다

　주대길 시인은 길에서 길이 이어지듯, 무한한 상상
력이 동반되어 시의 삶을 윤택하게 하고 길을 걷는 것
처럼 시의 길을 걷고 또 걸으며 시를 주웠다

　푸른 보석이 시의 보석이 되어 꿈틀거리며 수정처
럼 빛난 사물의 눈을 보듯 주대길 시인의 감성처럼
따뜻하다

　다음 시를 살펴보면

여행은
자유와 여유를 안겨 준다

집을 나서면
모든 짐은 사라지고
홀가분한
자유를 느낀다

내가 원하는 길이
내 앞에 열리고

보랏빛 설렘이다
만나는 모든 것에도
마음이 열리고
의미를 부여하는
새 세상이 열린다

「여행」 전문 중에서

　시를 쓰는 주대길시인은 항상 다른 감각으로 새롭
게 시를 썼다
　여기에서도 사유를 구체적으로 자유롭게 여행을 하
듯 감각적으로 펼쳐지면서 의미를 부여했으며 모든 짐
을 내려놓고 홀가분하게 이어가고 있다 보랏빛 설렘이
바로 여행의 첫걸음으로 이어가지 않았을까

하늘빛 강물이
굽이쳐 흐르고
새들이 노래하는 곳

강촌에서 우리는
흐르는 율동을 안고
오색 무지개를 그렸지요

세월의
강물은 멀리 흘러가고
강촌의 새들은 날아갔지요
석양이 붉게 물들면, 우리
강촌으로 가요
추억을 함께 노래 불러요

「강촌으로 가요」 전문

　하늘빛 강물이 흐르듯 세월의 강물도 어느새 흘러
갔고 석양이 붉게 물든다는 것도 주대길 시인의 자신
인지도 모른다
　오랜 시간들을 묵혀둔 강촌의 새들처럼 이제 추억의
노래가 되었고 주대길 시인이 서정적으로 기행시를 남
긴 작품이다

나는
가장이 되어 많은 짐을 지고
세월을 힘겹게 살았다

어느 날
나는

뭔가에 몰두해
지친 나를 일으켜 세우리라
생각했다

그래 나도
또 다른 삶의 꽃송이를
피울 수 있을 거야
숱한 생이 내게 준 것도 많지만
이젠 나도 하고 싶은 것을 하며
노을의 노래를 부르며 살리라

「대길의 여유」 전문

주대길 시인은 한 집안의 가장이다

평생을 가장으로 살았다

이제는 무거운 가장에서 벗어나 훌훌 날고 또 다른 삶의 자유를 느끼고 싶다고 했다

그렇다 마지막 노을의 언덕에서 여유를 찾고 싶다는 주대길 시인 남은 생은 그렇게 살아도 될 것 같다

대길의 여유의 제목처럼

어느 날

거울 속의 내가 낯설어 보였다

세월 탓이라며 늘 태연해했는데

초췌해진 모습이

찬바람에 털린 억새와 같았다

보증기간 지나버린 전자기기는

고장이 나면 새로 구입하면 되지만

생은 그럴 수 없다

지난날을 돌아보며 생각에 잠기는데

거실로 찾아 든 햇살이

꽃잎이 져야 열매가 맺는다며

나를 위로한다

「자화상」 전문

거울 속의 내가 낯설어 보인다

찬바람에 털린 억새처럼 자신이 초라해 보인다고
표현했다

그렇다 오직 거실로 찾아든 햇살의 눈빛을 가슴에
얹혀 놓고 싶었을 것이다

때론 자화상이 자신과 너무나 낯선 곳에 머물러있
다고 생각했을 것이다

주대길 시인의 자화상을 화자의 가슴으로 끌어와
잘 표현된 작품이다

하얀 서리가 낙엽 위로

다른 낙엽이 흘러내린다

나무는 함께했던 잎들이

떠나는 모습을 내려다보며

키워준 뿌리로 돌아가는 것이라고
스스로를 위로한다
서로를 감싸며 살아온 세월
나무는 추억의 사연들을
외롭게 나이테에 새기고 있었다

「또 다른 이별」 전문

하얀 서리가 낙엽 위로 쓸쓸히 나이테를 새기듯 주
대길 화자는 자신의 추억들을 새겨나간다

자신을 키워준 뿌리가 떠나는 것도 자신의 리좀처
럼 울음의 뿌리 웃음의 뿌리를 키웠는데 지금은 모든
생의 이별처럼 또 다른 이별처럼 멀리 와버린 시간의
나이테를 느끼고 있다

스님은 미지의 길을 걷고 걸었다
일천 삼백 년이 지난 오늘, 나는
스님의 길을 따라

2차 문화탐방 길에 나섰다
타클라마칸의 황량한 모래언덕 위에서
이글거리는 지평선을 바라보며
스님을 그려본다
갈증의 모래언덕에는
따가운 햇살이 내리는데
발자국은 금방 모래로 채워지고
외로운 나의 그림자만 남는다
스님은 이 사막을 스쳐가며
어떤 영혼과 마주 했을까
불굴의 스님을 생각하며
나는 다시 마음의 끈을 조인다

「타클라마칸 사막」 전문

　다시 마음의 끈을 조이며 불굴의 스님을 생각하는
주대길 시인의 외로운 그림자는 그 갈증의 모래언덕에
서 무엇을 생각했을까 미지의 시간을 생각했을까
　이글거리는 지평선을 생각했을까

생각이 생각을 겹겹이 생각해가는 주대길 시인은 긴
장감 있게 잘 이끌어나가고 있다

60년대 말, 광주시 산수동
시내가 내려다보이고
아침햇살이 일찍 찾아오던 곳
형님 댁의 전셋집 상하방이 눈에 선하네
아랫방엔 조카 셋과 형님 내외
윗방엔 책상 하나
거기서 나는 나의 미래를 그렸네
연탄 구들에 냉장고도 세탁기도 없던 시절
형수님의 노고와 희생 위에
나는 나의 미래를 그렸네
방 하나에 다섯 식구, 전설 같은 이야기
그래도 형수님은
성녀聖女처럼 늘 웃어 주셨네
시골에 홀로 계신 어머님까지 챙겨 주시던
형수님의 지극한 은혜
반세기가 넘은 오늘도

따스한 향기 되어 가슴으로 흐르네

「고마운 형수님」 전문

성녀처럼 따뜻하신 형수님을 시로 그려낸 주대길 시인

반세기가 지났어도 은혜를 잊지 않는 주대길 시인의 순수가 아직도 생생히 남아있다

60년대의 너무나 어려운 시절 서로 의지하며 살았던 형제애가 참으로 숭고한 사랑이다

환한 햇살처럼 영원히 시작품으로 남을 것이다

산다는 것은
내 안의 길을 가는 것이다
나만의 길을 만들어 가는 것이다
쉬지 않고 걸어온 나의 길은
아직도 미로처럼 가물대는데
서녁하늘은 붉게 물들어 가고

해맑던 산새 소리와
짙은 풀꽃 향기는
햇살 따라 엷어간다
길어진 내 그림자와
무디어진 발자국 소리는
내 생의 기울기를 재고 있다

「산다는 것은」 전문

나는 풀이야
바람이 불면 바람 따라 흔들리고
겨울이 오면 잠 들고
봄 햇살에 깨어나지
가끔은 아침 이슬이 나를 찾아와
잠시 머물다 가고
새들의 노래 속에
햇살과 여유롭게 지내지
자연에 순응하며
나만의 우주를 그리고

스스로 만족하며 오늘을 살아가지

「풀들의 노래」 전문

산다는 것은 그리고 풀들의 노래는 주대길 시인의 시작품들이 순수하고 투명하며 서정적인 작품으로 잘 표현되어 있다

존재의 의미는 바로 길 위에서 걷고 또 걸으며 시를 주웠다

참으로 여린 물방울이 수정처럼 빛날 것이며 본질적인 감각으로 시의 구조가 무척 튼튼한 작품으로 뛰어나며 큰 기대가 된다